D0578871

Loula

Part pour l'Afrique

Bayard
CANADA

*Pour ma sœur Martine qui partait souvent pour l'Afrique...
et revenait cinq minutes plus tard.*

Dépôt légal – Bibliothèque et Archives nationales du Québec, 2013
Bibliothèque et Archives Canada, 2013

ISBN 978-2-89579-561-2

Titre original : *Loula is Leaving for Africa* de Anne Villeneuve (ISBN 978-1-55453-941-3) © 2013 Kids Can Press Ltd.,
Corus Quay, 25 Dockside Dr., Toronto, Ontario M5A 0B5. Cette édition est publiée en accord avec Kids Can Press.
Texte et illustrations : © 2013 Anne Villeneuve
Les illustrations ont été réalisées à l'encre et à l'aquarelle.

Pour cette édition en langue française :
© Bayard Canada Livres inc. 2013
Direction éditoriale : Gilda Routy
Traduction : Mathilde Routy
Révision : Sophie Sainte-Marie
Mise en pages : Danielle Dugal

Nous reconnaissons l'aide financière du gouvernement du Canada
par l'entremise du Fonds du livre du Canada (FLC) pour des activités de développement de notre entreprise.

**Conseil des Arts
du Canada**   **Canada Council
for the Arts**

Bayard Canada Livres inc. remercie le Conseil des Arts du Canada du soutien accordé à son programme d'édition
dans le cadre du Programme des subventions globales aux éditeurs.

Cet ouvrage a été publié avec le soutien de la SODEC. Gouvernement du Québec - Programme de crédit d'impôt
pour l'édition de livres – Gestion SODEC.

Bayard Canada Livres
4475, rue Frontenac, Montréal (Québec) Canada H2H 2S2
Téléphone : 514 844-2111 ou 1 866 844-2111
edition@bayardcanada.com
bayardlivres.ca

Tous droits réservés. Aucune partie de ce livre ne peut être reproduite, sauvegardée sur un système d'extraction
ou transmise, sous quelque forme que ce soit, par quelque moyen que ce soit, sans l'autorisation écrite préalable
de Kids Can Press Ltd. ou, dans le cas de photocopie ou autre reprographie, sans une licence de la Canadian
Copyright Licensing Agency (Access Copyright). Pour obtenir une licence Access Copyright, visitez le site
accesscopyright.ca/francais ou téléphonez sans frais au 1 800 893-5777.

Achevé d'imprimer sur les presses de l'imprimerie Asian Pacific Offset, Shenzhen, Chine, mars 2013.

Loula

part pour l'Afrique

Texte et illustrations de
Anne Villeneuve

Traduction de Mathilde Routy

Loula en a assez de ses trois frères.
Ils sont MÉCHANTS, HORRIBLES ET DÉGOÛTANTS.

— Je n'en peux plus! dit-elle en pleurant. Je pars.

Elle prend l'essentiel: son chat en peluche, son service à thé et son plus beau dessin.

Loula veut partir loin, très loin, le plus loin possible de ces
MONSTRUEUX triplés.

— Maman, dit Loula, je pars pour l'Afrique.

— Merveilleux, chante sa mère qui répète un rôle pour l'opéra.
Mais n'attrape pas le rhume.

— Papa, dit Loula, je pars pour l'Afrique.

— C'est fantastique, mon petit chou de Bruxelles! répond
son père occupé à créer une nouvelle moustache. Mais ne rentre
pas trop tard.

— Très bien! s'exclame Loula. Puisque personne ne s'intéresse à moi, je ne reviendrai jamais.

— Mademoiselle! s'écrie Gilbert.

Gilbert est le chauffeur de la famille. Il conduit la mère de Loula à l'opéra.

— Qu'est-ce que vous faites en haut de cet arbre? demande-t-il.

— Ce n'est pas un arbre, dit Loula. C'est l'Afrique!

— Vraiment? Je pensais que l'Afrique était plutôt par là.

— Tu en es sûr? demande Loula.

— Oui. Euh, en fait, non. Il faudrait regarder sur une carte.

— En as-tu une?

— Je pense que oui, dit Gilbert. C'est une vieille carte, mais l'Afrique devrait être au même endroit. Vous voyez? C'est là... L'Afrique!

— Merci, Gilbert. Au revoir!

— Mais mademoiselle Loula, vous devez d'abord prendre un bateau, sinon vous n'arriverez jamais en Afrique.

— Jamais?

— Jamais.

— Alors d'accord, je prendrai le bateau.

— Bien. Est-ce que vous avez votre billet?

— Non... mais j'ai mon plus beau dessin. Est-ce que cela conviendra?

— Cela conviendra parfaitement, déclare Gilbert.

— Où est le bateau? demande Loula.

— Juste là, répond Gilbert. Embarquez! J'espère que vous n'avez pas le mal de mer.

— Mademoiselle, est-ce que je peux vous demander pourquoi l'Afrique?

— Parce que c'est loin, très loin, aussi loin que possible de mes frères MÉCHANTS, HORRIBLES ET DÉGOÛTANTS. En plus, ils ont peur des serpents. Et si mes frères viennent, les piranhas les mangeront.

— Eh bien, dans ce cas, dit Gilbert, je pense que l'Afrique est la destination idéale.

— Gilbert, est-ce que nous sommes arrivés?

— Non, pas encore. D'abord, il faut traverser la jungle.
NE LEVEZ PAS LES YEUX, mademoiselle. Il y a un énorme
serpent dans cet arbre. Faisons comme si nous ne l'avions pas vu.

— Alors c'est où, l'Afrique? demande Loula.

— C'est peut-être par là... suggère Gilbert.

... Ou peut-être par ici.

— Gilbert, je crois que nous sommes perdus.

— Vous avez peut-être raison. Mais que faire?

— Regarde, Gilbert! Une girafe.
Allons lui demander le chemin.

— Bonne idée, mademoiselle,
sauf que je ne connais pas
la langue des girafes.

— Ah... mais mon chat la
connaît! s'exclame Loula.

— Gilbert, j'ignorais
que l'Afrique était
aussi loin. J'ai faim.

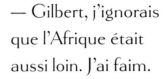

— Regardez, mademoiselle.
Quelle chance! Il y a un restaurant.
Que préférez-vous? Un soufflé
à l'œuf d'autruche ou un
sandwich aux sauterelles?
— Les deux! s'écrie Loula.

— Gilbert, nous ne
sommes pas très loin.
Je vois des chimpanzés.

Gilbert hoche la tête.
— C'est vrai, il faut
simplement traverser
ce désert.

— Ensuite, il faut
prendre un avion…

… et faire un petit
tour de chameau.

— Mademoiselle Loula! Regardez! L'AFRIQUE!
Une petite balade en bateau et nous serons arrivés.

— Un autre bateau? demande Loula.

— Oui, mais c'est un bateau très confortable:
le *Queen Elizabeth 2*.

— S'il vous plaît, mademoiselle, ne mettez pas
votre main dans l'eau. Il y a des piranhas!

— Voilà, nous sommes en Afrique, mademoiselle.

— Maintenant, je me sens libre, dit Loula.

— Ce long voyage m'a donné soif, mademoiselle. Auriez-vous
du thé?

— Oui, oui, j'en ai.

— Il paraît que les plus beaux couchers de soleil sont en Afrique, dit Gilbert.

— C'est tellement calme, murmure Loula.

— Gilbert?

— Oui, mademoiselle?

— Est-ce que tu penses que les piranhas aiment manger les frères méchants, horribles et dégoûtants?

— Je ne sais pas, mademoiselle Loula. Ils seraient un peu difficiles à digérer, non?

— Sûrement.

— Gilbert?

— Oui, mademoiselle?

— Je suis fatiguée, soupire Loula.

— Oui, bien sûr, mademoiselle. Je vous ramène à la maison.

— Ce n'est pas très loin, chuchote Gilbert.